CRI

DE

LIBERTÉ,

PAR

CHARLES MARCHAL,

AUTEUR DU

CRI DE MISÈRE, ETC.

PARIS.

RUE DE CHOISEUL, 8 BIS;

LÉVY, PLACE DE LA BOURSE, 13;

ET TOUS LES MARCHANDS DE NOUVEAUTÉS.

—

1848

CRI DE LIBERTÉ,

PAR CHARLES MARCHAL,

AUTEUR DU

CRI DE MISÈRE.

I.

Pythagore, sage et législateur crotoniate, a dit : «— Que la loi donne action contre les actions seulement ! Elle ne doit pas plus sévir contre les paroles et les *écrits* que contre la pensée. »

Il dit ailleurs : — « Penses librement, dis et écris ce que tu pen-
» ses : *tout' homme a ce droit.* »

Or, sous le régime que la République a renversé, le peuple était esclave parce que des lois venues à la remorque de la Charte le privaient de la pensée tout entière des publicistes ; parce que la Presse, son verbe, son enseignement, le pain de son âme, le courage de son cœur, la consolation de sa misère, l'espoir de son lendemain, était muselée, persécutée, maudite par les lâches et les corrompus.

Malgré cela, la démocratie grandissait dans la persécution et préparait son triomphe. Chaque jour, malgré les obstacles que lui opposaient les priviligiés, elle prouvait le vice de l'organisation sociale, et acquérait cette force qui renverse le mal. — La parole et la Presse étaient les plus fortes armes de ses desseins. Or, empêcher la parole et la Presse de se répandre dans la foule, étrangler la Presse, cela ne paraissait pas au dernier système, un moyen au dessous de sa haine, et les écrits qui vivaient encore sous son ressentiment étaient à chaque heure menacés de mort. Combien de fois n'avons-nous pas protesté contre cet étouffement! combien n'avons-nous pas protesté contre ces hommes sans principes, sans convictions, sans pudeur, qui brisaient la liberté de la Presse. Les lois contre la Presse mettaient un frein à une publicité implacable et bienfaisante. — Il n'y a que les fripons qui aient intérêt à ce que la Presse soit muselée.

Les lois contre la Presse suffiraient à constater la stérilité d'un gouvernement venu au pouvoir après une révolution faite pour l'affranchissement de la Presse!

Les prétendus hommes d'Etat de la monarchie ne pouvant en aucune façon faire de l'ordre par les principes, puisqu'ils n'avaient aucun principe, absolu, définitif, ni dans l'ordre social, ni dans l'ordre moral, ni dans l'ordre religieux, étaient forcés d'en faire par la résistance, par l'intimidation, par l'absolutisme, par la corruption, par tous les autres moyens à l'usage des diplomates vulgaires, et ils ne pouvaient pas ne pas agir ainsi.

Les législateurs de la République doivent se conduire différemment, et c'est pour le leur dire que nous avons pris la plume.

Déjà nos prophéties se sont affreusement réalisées. Dans notre CRI DE MISÈRE, nous prédisions la *Révolution de la faim*; — on l'a eue, hélas! — qu'on nous écoute donc!

II.

En 1830, on disait : — « Plus de procès à la Presse ! » Et pour faciliter la propagation de la pensée, les hommes du cabinet du Palais-Royal, promettaient même la suppression du timbre, des frais de poste et du cautionnement pour les journaux.

« — Voulez-vous faire justice et non faveur, disait M. Guizot le 8 novembre 1830, supprimez les droits sur le timbre et les frais de poste. Cette suppression tournera véritablement au profit de tous. Ce sera une mesure efficace. »

Il y eut loin de ces paroles à la conduite tenue depuis cette époque. La liberté de la Presse fut étouffée par ceux-là même qui la proclamaient. Le peuple se souvient des noms de ceux qui ont voté les *lois de Septembre* !

Les lois de Septembre étaient des lois de colère, des lois violentes et lâches, — une mesure même malhabile.

Les lois de Septembre étaient tout aussi iniques que les ordonnances de Charles X, et il y a ceci de plus odieux dans celles-là, qu'elles ont été rédigées par les hommes qui ont fait la révolution de juillet, et qui, sous la Restauration, se faisaient honneur de leur haine généreuse pour de semblables moyens de compression. De sorte que les chefs de la bourgeoisie ont passé la moitié de leur vie à défendre certains principes, et l'autre moitié à opprimer et à poursuivre ces mêmes principes. Les lois de Septembre ont altéré les sources pures du jury national ; elles ont assimilé l'écrivain qui discute à l'assassin qui frappe, confisquant ainsi les droits de la raison, ceux de la Presse, — droits depuis cinquante ans conquis. — Dieu seul sait le mal qu'ont fait ces lois d'étouffement et de servitude, faites par l'injuste bourgeoisie contre les prolétaires désespérés et leurs courageux défenseurs,

Que les Représentans du peuple appelés à affranchir la presse, ou à assassiner sa liberté,—se souviennent bien que, par les lois de Septembre, la France était tombée à ce degré d'abjection morale, qu'il était défendu à l'écrivain de donner sa pensée sur une question de politique ou de socialisme.

Elle n'a pas duré cette législation barbare qui proscrivait la pensée, l'intelligence, la parole, la plume. Elle n'a pas duré : le peuple Français a brisé bien d'autres fers !

Les lois de Septembre ont fait condamner la Presse à DIX MILLIONS d'amende et DEUX SIÈCLES de prison.... et la presse n'en est pas morte ! C'est elle qui a tué la monarchie !....

Enfant de la Presse, nous avons toujours combattu pour elle; sous la monarchie nous écrivions dans les cachots de la citadelle de Doullens, quelques jours avant le 24 février:

« Parmi les droits imprescriptibles des peuples, il en est un qu'on ne peut leur enlever, qu'ils exercent dans les chaînes et en présence des supplices ; les carrières de Denys ne purent les priver de Philoxène : c'est la liberté de penser.

Le corps peut être torturé par la tyrannie ; mais l'âme, toujours libre, triomphe dans les fers. Le tyran sévit, l'âme pense ; — le bourreau frappe, et l'âme quitte un corps malheureux , sans avoir un seul instant perdu sa mâle indépendance.

De cette liberté de penser naît celle de manifester ce qu'on pense, ou le droit de penser et d'écrire sans être soumis au contrôle et à la censure.

De tous les temps, ceux qui ont voulu asservir les hommes, — depuis Membrod jusqu'à nos jours, — ont cherché à confisquer la liberté de la pensée et de la parole.

Mais leurs efforts ont été aussi vains que leurs désirs étaient coupables ; ils ont creusé des cachots infects, dressé des bûchers, placé des fers rouges sur les chairs humaines, anéanti des générations dans des massacres généraux, mais ils ne sont parvenus qu'à révolter les peuples, et le sang qu'ils ont versé est retombé sur leur tête, sans arrêter la marche progressive de l'humanité.

Qu'ont produit les persécutions des premiers empereurs romains contre les premiers chrétiens ? — Le paganisme a-t-il été plus fort assis sur des chairs palpitantes, sur des bûchers encore fumans ?

Non, sans doute ; il est mort étouffé par sa propre tyrannie, et la religion rivale a grandi à travers les siècles, prêchant partout, d'abord, l'égalité, la fraternité, le courage. Malheureusement, les ministres de cette religion l'ont insensiblement déshonorée et compromise, en en faisant un instrument de tortures, en fondant les tribunaux de l'inquisition, en se liguant avec les rois de l'absolutisme pour poursuivre partout la pensée, la parole et la Presse. Alors parurent les réformateurs, qui voulurent faire rentrer le Christianisme dans ses voies divines et faire du monde entier une république évangélique dont les membres fussent unis par l'égalité et l'amour.

Ce que je viens de dire de la liberté de la pensée s'applique aussi à celle de la Presse. Née de l'instruction des peuples avec la magnifique invention de Guttemberg, cette liberté n'a jamais cessé de lutter intrépidement contre les attaques de ses adversaires ; et, tantôt victorieuse, tantôt vaincue, elle s'est affermie dans les persécutions, et chacune de ses chutes l'a conduite à un triomphe ! Telle est la philosophie qui découle de l'histoire des progrès intellectuels. Assurément, ceci est une leçon pour ceux qui veulent comprimer la liberté, et un enseignement rempli d'espérances pour ceux qui la proclament.

Vous voulez étouffer la liberté de la Presse ! Vous craignez donc bien la lumière ?... Il faut que vos actes soient bien mauvais, puisque vous ne voulez pas souffrir qu'on les discute !

Quand un gouvernement ne sort pas des bornes de la justice et qu'il ne viole pas les lois, il ne craint pas le contrôle du peuple ; il appelle hardiment les jugemens du présent qui dictent ceux de l'avenir.

La vérité n'est terrible que pour ceux qui sont intéressés à faire triompher le mensonge.

Mais on ne trompe pas la postérité ; les nuages que l'arbitraire amoncèle sur ses actions disparaissent devant le soleil de l'histoire ; quelques plaintes écrites par un prisonnier sur les murs de son cachot avec un anneau de sa chaîne, quelques lignes trouvées dans la cellule d'une religieuse, des manuscrits retirés de la poussière, suffisent pour rétablir la vérité des faits.—Il n'en a pas fallu davantage pour abattre la Bastille et fermer les couvens. Attaquer la littérature actuelle, qui offre en France une supériorité si incontestable, c'est manquer de sagacité et d'instinct. Ne sont-ce pas les écrits des Voltaire, des Diderot, des Rousseau, qui ont été, par avance, l'expression prophétique des innovations sociales écloses dans les fanges du dernier siècle.

Eh bien ! ce que se sont permis ces esprits éminens, qui oserait le tenter aujourd'hui ? Il y aurait danger à discuter le catholicisme tyrannique de Rome comme l'a fait Voltaire ; il y aurait danger à discuter, comme Jean-Jacques, les bases de notre contrat social, à proclamer les droits du peuple. Comme liberté de la Presse, nous sommes donc beaucoup moins avancés depuis 1830 qu'avant 1789 ! Cette vérité inspire à la fois de la pitié et de l'indignation, et je ne sais lequel des deux sentimens doit l'emporter, car on ne peut toujours imposer le calme à son cœur... Mais, quoi qu'on fasse, la littérature , si garottée qu'elle soit, est l'expression anticipée de la société religieuse et libre qui sortira du milieu de tant d'anciens débris, de tant de ruines fécondes.

Puisque vous craignez tant la liberté de la Presse, pourquoi n'établissez-vous pas un *tribunal d'inquisition politique.*

Il ne serait pas un plus grand anachronisme que la *complicité morale* et la *responsabilité des imprimeurs*, votre conduite serait plus franche, et tout le monde verrait clairement où vous voulez aller.

Avec votre système, il n'est pas un écrivain qui puisse se dire en sûreté ; car, comment procède-t-on pour découvrir ce qu'on appelle les *délits de Presse* ?... — On scinde un ouvrage ou un article de journal, on prend quelques phrases séparées et on base là-dessus une accusation ; on va plus loin : on incrimine un ouvrage pour avoir cité une phrase d'un autre ouvrage qui n'a pas été poursuivi. On va plus loin encore : un homme attente à la vie des prétendus princes, un misérable qui n'avait ni conviction, ni courage, et qui n'a cédé qu'à une exaltation irréfléchie autant que coupable puisée dans l'abus du vin, — on fouille alors dans un journal de l'opposition radicale, on y trouve quelques articles hostiles au pouvoir, et le rédacteur en chef devient le complice d'un vil assassin ; il est jeté en prison avec des malfaiteurs, traité, honni, persécuté, *assassiné* comme eux. Je n'exagère pas.

S'il est quelque chose de révoltant, c'est bien le régime qui régit les prisons.

Là, des milliers de malheureux, hommes et *femmes*, expirent dans les cachots, dans les tortures, *sous les coups*, —tous souffrent de la faim et des maladies contagieuses.

JE DÉFIE M. DUCHATEL DE ME DÉMENTIR ; ou plutôt, JE LUI DÉFIE DE PROUVER QUE SON DÉMENTI EST FONDÉ ! QU'IL OSE DONC FAIRE UNE ENQUÊTE !...

Je ne peux assister sans frémir à l'horreur de ce tableau, car, ce sont des hommes, ces malheureux auxquels de barbares geôliers font subir ces longues souffrances. On les pend par les pieds, par les poignets, on les jette dans des cachots dits *étouffoirs ;* on vous détache quand vous n'êtes pas encore mort, mais c'est seulement pour vous laisser reprendre haleine, puis les souffrances recommencent !... Quand, égarés, vaincus par la douleur, les prisonniers font entendre des sanglots convulsifs, on les frappe pour étouffer leurs gémissemens. — Je pourrais ici citer des noms ; mais ce serait avilir votre mémoire, mes lecteurs, que de la charger des noms de ces obscurs scélérats *qui ne font qu'obéir aux ordres ministériels.*

Après avoir long-temps croupi dans les prisons de Paris, en société des criminels, l'écrivain, condamné pour délit de Presse, est envoyé, s'il n'est pas mort, dans ces geôles impures fermées à tout contrôle loyal, à la citadelle de Doullens, séjour qui vaut celui du Mont-Saint-Michel ; il est conduit là en compagnie de galériens, dans la cage d'une *voiture cellulaire !*

L'indépendance s'expie aujourd'hui sous les verroux !... Elle s'expie dans des prisons où l'on vous charge *de fers*, où l'on vous laisse périr de *faim et de langueur*, sans soins dans la maladie, avec le contact de malfaiteurs.

Cette manière de procéder est injuste, elle est arbitraire, elle est féroce ; — elle viole les lois de la justice et de l'humanité ; — elle est absurde, car il n'y a pas un journal qui, dans quelques unes de ses parties, ne puisse être attaqué tous les jours par le parquet.

La justice, en France, est d'une injustice qui déshonore la magistrature. On peut dire qu'il y a deux poids et deux mesures ; cela arrive pour les journaux aussi bien que pour tout le reste. « La Presse vendue, s'écriait hier Ch. Delescluse, dans l'*Impartial du Nord*, la Presse vendue, qui vit des fonds secrets et des annonces judiciaires, peut, en dépit du code de Septembre, violer les lois organiques de la presse, promener sur tous les hommes indépendans ses flots d'injures et de mensonges, sans jamais se heurter devant les tribunaux, qui se montrent si sévères, si impitoyables envers les journaux indépendans. L'œil des parquets, si habile à saisir le plus petit oubli, la plus légère contravention dans les feuilles de l'opposition, se ferme complaisamment sur les lourdes colonnes de leurs déloyaux adversaires. A eux les priviléges, l'impunité, à nous les condamnations, la prison, l'amende, et quelquefois même les injures des plus vulgaires accusateurs publics du juste-milieu. »

Mais, après tout, quel mal a fait la Presse au gouvernement?

L'a-t-elle entravé dans sa marche?

Ne l'eût-elle pas secondé toutes les fois qu'il eût paru un moment vouloir la gloire et le bonheur de la France?

Les journaux de l'opposition ont fait plus de bien que de mal au système ; ils l'ont averti de ses fautes, et il a pu profiter des avertissemens ; s'il ne l'a pas fait, c'est qu'il a manqué d'habileté. C'est sa faute et non la nôtre ; c'est sa faute, si sa conduite n'a soulevé aucun témoignage d'approbation.

Si la Presse indépendante a eu peu de choses à louer, depuis 1830, dans les actes des divers ministres qui se sont succédé aux affaires, c'est qu'ils ont fait peu d'actions louables.

Nous ne demandons pas mieux que de pouvoir dire à la face du monde, sans craindre les railleries des peuples que la bourgeoisie a appelés dans les honteuses années de 1814 et de 1815, que la France est encore la première des nations européennes.

Mais, malheureusement, nous devons tenir un autre langage ; nous le faisons avec courage, et il en faut pour avouer qu'on est tombé si bas après être monté si haut.

III.

En signalant les plaies de l'État, la Presse les sonde et cherche à les guérir ; si le gouvernement voulait de bonne foi le bien de la France, il ne chercherait plus à étouffer la voix de la vérité ; il descendrait dans la rue ; il se défendrait, non pas en faisant abus de la force, par des procès, des persécutions, des tyrannies ; mais par la voie de la Presse, il défendrait les actes que nous attaquons ; il chargerait les publicistes ses amis de sa défense ; il renoncerait à se servir d'autres armes, et alors le pays et le pouvoir pourraient, dans cette grande tribune, énoncer leur pensée et se communiquer leurs lumières.

La vérité naît du choc des idées ; s'il était possible de parler plus librement du pouvoir, il serait moins mauvais ; obligé de justifier sa conduite, il suivrait insensiblement une meilleure route, et nous aurions peut-être enfin quelques éloges à lui donner.

Comment la France, livre classique de toutes les libertés, ne jouirait-elle pas d'un droit en vigueur en Angleterre , d'un droit qu'on n'a pu refuser à l'Irlande, et que l'Autriche et les autres puissances exerceront dès qu'elles seront assez civilisées , assez démocratiques pour en être dignes ?...

Aujourd'hui, vouloir étouffer chez nous la liberté de la Presse, c'est vouloir l'impossible ; car, depuis plusieurs années, l'instruction ayant progressé avec une rapidité presque miraculeuse, chaque homme, chaque citoyen a son opinion sur les affaires du pays et veut un journal qui ait des allures franches et indépendantes.

En bâillonnant la Presse en France, on a voulu ôter à la vérité la seule issue qu'elle ait pour arriver du peuple aux puissans du jour ; en la détruisant, on a voulu enlever aux classes inférieures des moyens économiques d'acquérir de l'instruction.

Car la Presse distribue tous les jours, au peuple, la pâture de l'esprit ; c'est par elle que la science, la morale, la religion, la littérature, la philosophie, la conscience des droits et la connaissance des affaires politiques parviennent jusqu'aux plus petits. La Presse est l'instrument qui polit sans cesse le genre humain.

S'attaquer à la liberté de la Presse, c'est vouloir arrêter la marche de la civilisation, c'est vouloir planter une borne dans le champ incommensurable de l'humanité. Toutes les tentatives du pouvoir contre elle seront vaines ; elle triomphera par la seule raison qu'elle a existé, et on peut dire d'elle ce qu'un orateur a dit du christianisme :

— C'est une enclume qui a usé et qui usera encore bien des marteaux !

IV.

Les lois de Septembre seules ne sont pas à frapper : les mesures fiscales qui régissent la Presse en font un monopole entre les mains de ceux qui possèdent. Il en sera de même tant que tout citoyen ne pourra ouvrir une imprimerie, tant que les journalistes seront obligés de déposer un cautionnement et de faire timbrer leur pensée. Comment le peuple aurait-il des organes, quand le dévoûment et le talent ne suffisent pas au journaliste esclave du capital, comme dans les ateliers sont esclaves ses frères les prolétaires ?..... Tant que ces entraves pèseront sur la Presse, tant que l'argent donnera seul le privilége de répandre ses idées, les écrivains qui aiment le peuple ne pourront défendre librement ses droits, librement le moraliser et l'instruire. L'éducation politique de la foule est au prix de ces réformes radicales que la raison, la justice commandent impérieusement, et auxquelles la bourgeoisie ne pourra plus s'opposer long-temps.

Ce monopole, il est partout ; dans la loi électorale qui confisque le droit de la nation au profit de quelques uns ; dans la loi sur la Presse, qui confisque le droit de tous toujours au profit de ceux qui possèdent ; dans les conditions du travail, qui font que les travailleurs sont les serfs de ceux qui les emploient ; dans la propriété, possédée par quelques uns au détriment de la foule à laquelle appartient la terre et les fruits. Il faut donc changer graduellement tout, tout dans cette société où règne l'argent. Ah ! que de bouleversemens pour arriver au bonheur commun, à l'application de la fraternité !.... Mais, aussi, consolante pensée ! tout peut s'accomplir dans la paix sans sacrifices de sang et sans violence. »

V.

Voilà ce que nous écrivions sous la monarchie. Que les Représentans du peuple pèsent nos raisonnemens.

Leur devoir est, pour que la France jouisse de la liberté de la Presse, de supprimer l'impôt du timbre, les frais de poste, et le cautionnement pour les journaux, — entraves barbares mises à la pensée.

En rendant la publication des journaux onéreuse, l'Assemblée nationale livrerait leur monopole à la richesse féodale qui nous a tant opprimés depuis dix-huit ans surtout, et le peuple, privé de sa tribune, de son verbe, pourrait retomber dans l'ignorance de ses droits et de ses devoirs.

Faire des lois contre la liberté de la Presse, ce serait nous replonger dans la nuit et sous le despotisme que la révolution de février a renversé. Cette législation ne durerait pas plus que n'a duré celle de septembre 1835 : — Les lois les plus dures sont les moins fortes !

Tout mauvais traitement infligé à la Presse rappelle la Restauration et Louis-Philippe,... et l'on sait ce qu'ils sont devenus !

Nous respectons l'Assemblée nationale parce qu'elle émane du suffrage universel, — expression suprême de la Démocratie.

Nous conjurons M. Sénart, qui est un honnête homme et sur lequel nous comptons pour les grandes choses de l'avenir, de peser nos raisons dans sa conscience. Qu'il soit soucieux de prendre des garanties contre la licence, c'est ce que nous comprenons parfaitement. Mais ces garanties ne sauraient consister en mesures préventives. Ce serait attenter à l'égalité des droits politiques, car il est évident que le pauvre qui ne pourrait, faute d'argent, imprimer ses opinions, ne serait pas l'égal du riche qui peut fournir un cautionnement.

La loi qui donne à chacun le droit de nommer les députés, doit donner à chacun le droit de publier son opinion sur les actes de ces députés.

Toute mesure fiscale priverait le peuple des journaux à bon marché qui doivent avoir pour but de moraliser et d'instruire le peuple. Quant à ceux dont l'égarement pousserait au crime, faites des lois répressives contre eux ; nous le demandons !

Un grand nombre de Représentans de nos amis nous ont promis leur concours en faveur de la liberté de la Presse. Nous sommes plein d'espoir. L'Assemblée Nationale ne sera pas infidèle à son origine. Nous avons l'assurance que le chef du pouvoir exécutif, le général Cavaignac, est hostile à toute mesure d'iniquité avec laquelle on déshonorerait la législation de la Presse. Au nom de l'ordre, au nom de la fraternité, au nom de la justice, nous adjurons les législateurs de la France républicaine de ne pas acculer la Presse dans le désespoir, — ce conseiller de la violence qui enfante les plus grands malheurs, les luttes impies!...

Nous attendons le vote de l'Assemblée avec espérance, et nous prions Dieu d'inspirer ses résolutions en faveur de la liberté de la Presse.

12 juillet 1848.

Imprimerie Ed. Proux et Cᵉ. rue Neuve-des-Bons-Enfans, 3.